Kerstin Liemann

Auf den Günther!

24 Stunden im Leben des Sven Ackermann

Kerstin Liemann

Auf den Günther!

24 Stunden

im Leben des Sven Ackermann

Bibliografische Information der Deutschen Nationalbibliothek:
Die Deutsche Nationalbibliothek verzeichnet diese
Publikation in der Deutschen Nationalbibliografie;
detaillierte bibliografische Daten sind im Internet
über http://dnb.dnb.de abrufbar.

Korrektorat: Annina Liemann

Herstellung und Verlag: BoD – Books on Demand, Nor-
derstedt

ISBN: 978-3-7583-8381-6

Nehmen Sie die Menschen, wie sie sind,

andere gibt's nicht.

Konrad Adenauer

EINS

Der Zufall hatte mich in dieses Dorf gespült. Nach meinem Studium an der Musikhochschule und einigen Jahren der Dozententätigkeit, hatte ich mich endlich ins wahre Leben stürzen wollen. In drei Tagen sollte es starten.

Ich hatte mich erfolgreich auf die Stelle an der Neuen Philharmonie in Rikelingen beworben, wo man scheinbar einen neuen Violinisten brauchte. Eine Aufgabe, auf die ich mich wirklich freute. Alles war neu, denn ich hatte nicht nur die Großstadt, sondern mit ihr auch gleich meine Freundin verlassen, die in den letzten Monaten nicht müde geworden war, mich von der Idiotie meiner Pläne zu überzeugen. Sie hatte nicht verstehen wollen, warum ich den Ausblick auf eine glänzende Universitätskarriere zugunsten einer kleinen Violinisten-Stelle in Westfalen aufgeben wollte. Sie war im Grunde immer unerträglicher geworden, und letzten Endes war ich eigentlich nur noch froh, meine Zukunft ohne sie zu planen.

Auf der Suche nach einer Bleibe hatte ich mich bewusst für den dörflichen Ortsteil ganz im Osten der Stadt entschieden und war im Laufe der Woche in die Erdgeschosswohnung eines Zweifamilienhauses gezogen.

Mein Freund Bernd hatte mich noch gewarnt.

„Zieh da nicht hin! In so 'nem Dorf kriegst du kein Bein an die Erde! Glaub mir – da kannst du nicht glücklich werden."

Aber er wusste ja nicht, wie sehr ich die Nase voll hatte von der ständigen Hektik und dem täglichen Kampf ums Überleben mit dem Fahrrad im Großstadtverkehr. Hier, so stellte ich es mir vor, würde ich das bekommen, was ich wollte, nämlich meine Ruhe. Und wenn die Dorfbewohner mit mir nichts anfangen konnten, dann sollte mir das nur recht sein.

So kam es, dass ich mich an diesem Freitagmorgen in der Schlange vor der alten Bäckerei wiederfand, entspannt und voller Vorfreude auf mein erstes Wochenendfrühstück im neuen Zuhause.

Dass dann alles ganz anders kommen sollte, konnte ich nun wirklich nicht ahnen.

Die Bäckerei lag mitten im Dorfkern und offensichtlich hatte irgendwer das Schild aus den Anfängen der Corona-Pandemie am Eingang einfach hängen lassen. Anders war es nicht zu erklären, warum sich an diesem noch kühlen Aprilmorgen tatsächlich immer nur zwei Frühstückswillige im Verkaufsraum aufhielten und der Rest der Dorfgemeinde geduldig vor der Tür wartete. Ich zählte vier Menschen vor mir und registrierte drei weitere hinter mir, von denen einer soeben an sein Handy ging.

„Ja, Heinz hier. Ach du lieber Himmel! Was ist passiert? Ja, wie kommt das denn? Hmmm. Nein! Eine Katastrophe! Da kannste mal sehen, wie schnell das geht. Mannmannmann. Hörmal, Elsbeth, ruf doch bitte die Ingrid an. Sag' ihr, Frühstück fällt aus. Ich muss jetzt gucken, wie wir das hinkriegen. Viel Zeit ist ja nicht. Gut, soll nicht deine Sorge sein. Sag' ihr, wir treffen uns dann um kurz vor elf vor Ort. Und jetzt erstmal gute Besserung an den Wilfried, hörst du?! Halt' die Ohren steif!"

Ich drehte mich ein wenig zur Seite, um mir einen verstohlenen Blick auf den Handymann zu ermöglichen, was aber gründlich misslang, denn ich stellte fest, dass der mich tatsächlich bereits von oben bis unten musterte und mir dann unverwandt in die Augen schaute.

„Sie tragen schwarz", bemerkte er, völlig zu Recht.

Ich hatte irgendwann beschlossen, einfach immer nur schwarze Klamotten zu kaufen, das vereinfachte vieles. Und so stand ich hier mit meinem verwaschenen, schwarzen Lieblings-

Hoodie unter einer schwarzen Cordjacke über schwarzer Jeans und den obligatorischen DocMartens an den Füßen.

„Ja", antwortete ich folgerichtig, „Sie aber auch."

„Und Sie sehen kräftig aus."

Ich ließ das unkommentiert, dachte aber, dass für den älteren Herrn vor mir vermutlich so ziemlich jeder Mann über einssiebzig einen regelrechten Hünen darstellen musste.

„Sagen Sie, haben Sie heute schon was vor?", fragte er.

„Naja – frühstücken."

„Sonst nix?"

„Sonst nix."

Langsam fragte ich mich, worauf das Ganze hinauslaufen würde. Es war schon verrückt – auf eine Ansprache dieser Art wäre in der Stadt, in der ich bis gestern gelebt hatte, niemand gekommen.

„Das ist gut", sagte er, „das ist sehr gut!"

Er zog mich an meinem Ärmel aus der Warteschlange, zurück auf den Gehsteig. „Sie müssen uns helfen! Wir brauchen einen sechsten Mann. Kommen Sie!"

Ich blieb natürlich stehen, als er vorauseilte, und blickte ihm hinterher.

„Worum geht es denn bitte? Was soll das?", fragte ich in seinen Rücken. Er wandte sich um.

„Der Wilfried ist ins Krankenhaus gekommen und wir müssen doch gleich den Günther unter die Erde bringen! Das geht nicht mit fünf Mann – da kippt der nachher noch vor der Grube um."

„Bitte was?" Ich musste mich kurz sammeln. Hatte ich das gerade richtig verstanden?

Er kam die paar Schritte zurück, baute seine Einmetersechzig vor mir auf und schaute mich an, als sei ich schwer von Begriff.

„Mann! Der Günther ist vor vier Tagen tot umgefallen –
Herzinfarkt, mit 83. Also wird er heute unter die Erde gebracht
und natürlich werden wir ihn als alte Kumpels auf seinem letzten Weg nicht allein lassen. Eigentlich wären wir noch genau
sechs gewesen, das reicht, um ihn ordentlich ins Grab fahren
zu lassen. Aber jetzt ist vorhin der Wilfried ins Krankenhaus
gekommen – ham' se doch gehört, Mann! Ich habe doch gerade
mit seiner Frau telefoniert. Die ist völlig fertig, die Elsbeth. Ja,
und ich kann jetzt zusehen, wo ich schnell einen sechsten Mann
herkriege. Da kommen Sie mir grade recht!“

Er blickte mich verzweifelt an und faltete seine Hände in
schönster Dürer-Manier. „Bitte, Sie müssen uns helfen! Für den
Günther!“

Das war ja nicht zu glauben. Ich blickte zum Himmel und
atmete erst einmal ein und aus. Als ich wieder nach unten
blickte, hatte sich an der Ausgangssituation allerdings nichts
geändert. Er stand da und blickte mich immer noch genauso
flehend an. Und noch bevor ich überhaupt etwas entgegnen
konnte, griff er wieder beherzt meinen Jackenärmel und zog
mich zu einem nicht mehr ganz taufrischen Mercedes.

„Aber ich habe nicht mal gefrühstückt“, war alles, was ich
noch entgegenzusetzen hatte. Ich konnte nicht fassen, dass ich
mich tatsächlich von diesem Hutzelmännchen die Straße
hinauf zergeln ließ.

„Macht nichts“, antwortete er schnell, während wir beide in
die alten Ledersitze sanken, „glauben Sie mir – nachher gibt es
genug zu essen! Das soll Ihr Schaden nicht sein!“

Und schon schmiss er die alte Kiste an und wir fuhren, wie
von allen guten Geistern verlassen, die Dorfstraße hinauf, Richtung Friedhof.

Während der verrückte Alte in Warp-Geschwindigkeit durch die Dorfgassen heizte, fragte ich mich, was sich eigentlich hier abspielte. War ich tatsächlich gerade im Begriff, zum Sargträger zu mutieren? Gestern noch mit dem Fahrrad zur Uni, heute schon mit der Bauernkutsche zur Beerdigung? ‘Das ruhige Dorfleben habe ich mir tatsächlich ganz anders vorgestellt’, schoss es mir noch durch den Kopf, als wir nur Minuten später mit quietschenden Reifen in den Parkplatz vor der Friedhofskapelle einbogen. Mein Blick fiel auf vier schwarz gekleidete alte Männer vor dem Eingang, deren Aufenthaltszeit auf Erden sich ohne Zweifel ebenfalls dem Ende zuneigte.

„Los, komm!"

Er war offensichtlich bereits zum Du übergegangen. Was ja angemessen war, wenn man bedachte, was wir in Kürze im Begriff waren zu tun. Er humpelte vor mir her und gestikulierte wild mit den Armen.

„Hilfe naht!", brüllte er der Trägertruppe entgegen, „Wisst ihr schon Bescheid?"

Die Blicke der vier wanderten von Heinz zu mir und zurück, während sie Zustimmung murmelten und durcheinanderredeten.

„Das ist...", Heinz zeigte auf mich und stockte.

„Ja sachmal, Junge, wie heißt du überhaupt?"

„Sven", antwortete ich, „Sven Ackermann."

„Neee, sach an! Ackermann?"

„Echt? Ackermann?"

„Etwa ein Neffe vom alten Hochfeld-Ackermann?"

„Guck mal einer an, der Ackermann!"

Die Fragen prasselten auf mich ein und ich stammelte nur:

„Nein, nein, ich habe hier keine Verwandtschaft. Ich wohne erst seit gestern hier und komme aus…"

Allerdings hörte niemand zu, alle redeten durcheinander. Was für ein strubbeliger Haufen! Aber irgendwie beeindruckten sie mich auch, wie sie dastanden, bereit, einen alten Freund zu Grabe zu tragen, mit dem sie vielleicht zusammen auf der Zeche gearbeitet und bestimmt das eine oder andere Bier getrunken hatten. Auch wenn ich mich eigentlich auf einen ruhigen Vormittag mit ausgedehntem Frühstück gefreut hatte – in der Zwischenzeit war mir längst klar, dass ich die alten Herren hier nicht hängenlassen würde.

„Sag mal, Sven Ackermann, hast du denn schon mal jemanden unter die Erde gebracht? Ich meine – so als Sargträger?", wollte Methusalix wissen – einer der Alten, den ich im Stillen umgehend so getauft hatte, weil er sich auf seinen Stock stützte wie der hagere Alte aus den Asterixheften.

„Nein. Da fehlt mir jede Erfahrung", entgegnete ich.

„Ach du scheiße!", entfuhr es seinem Nebenmann, der sich kopfschüttelnd abwendete, als sei der Untergang besiegelt. „Wie soll das gehen?"

Er strich vorsichtig über die Reste seiner Haarpracht, die er, zur Vertuschung seiner Halbglatze, von einem tiefsitzenden Scheitel quer über den Schädel drapiert hatte.

„Ja Himmelherrgott, wir haben doch alle mal angefangen! Ist ja auch kein Zauberwerk – wir müssen ihn jetzt eben noch schnell einarbeiten."

Heinz war sichtlich entnervt. „Los kommt – ist ja jetzt noch keiner in der Kapelle. Lasst uns mal reingehen und dann üben wir schnell eine Runde."

Und schon stürmte er los. Die anderen murmelten irgendetwas Unverständliches und stapften hinterher.

Ich folgte ihnen schweigend. Das konnte ja heiter werden.

Ich will gar nicht ins Detail gehen, aber ich durchlebte eine bemerkenswerte nächste halbe Stunde. Mir wurde ein Platz in der Mitte zugeteilt, damit mich die beiden flankierenden Alten im Notfall noch instruieren konnten.

Als wir dann tatsächlich zur Probe den Sarg von seinem Aufbahrungstisch hoben, war ich ehrlich beeindruckt. Verdammt schwer, so ein letztes Möbel! Aber es war gut, dass wir das ausprobiert hatten, denn so fanden wir schnell heraus, dass ich mit meiner Körpergröße für eine gewisse Schieflage sorgen würde. Ich wurde genötigt, leicht in die Knie zu gehen, was mir bereits nach einer halben Minute brennende Muskeln in den Oberschenkeln einbrachte. Aber schon beim zweiten Versuch klappte alles einwandfrei, scheinbar war ich ein Naturtalent.

Zufrieden beendete Heinz die Übung und scheuchte uns wieder aus der Kapelle, da just in diesem Moment die Familie eintraf. Im Kofferraum eines weiteren Trägers namens Jupp fand sich noch ein überzähliges Paar weißer Handschuhe – es konnte also losgehen.

VIER

Wir standen etwas abseits auf dem Vorplatz der Kapelle und so hatte ich die Möglichkeit, die ankommende Trauergemeinde ein wenig zu beobachten.

Man kannte sich, soviel war klar. Was in einem Dorf wie diesem wohl auch nicht verwunderte. Möglicherweise gab es auch die eine oder andere verwandtschaftliche Beziehung, die über ein gesundes Maß hinausging? Gerade, als ich mich im Geiste bei allen Anwesenden für diesen missratenen Gedanken entschuldigte, spürte ich ein Klopfen auf meinem Rücken. Ich wandte mich um und registrierte, dass der Griff eines Gehstocks vor meinem Gesicht herumwedelte. Am anderen Ende des Stockes erkannte ich die gebeugte alte Frau, die vorhin als erste die Kapelle betreten hatte. Möglicherweise war sie die Witwe des Verstorbenen.

„Wer sind denn Sie?", fragte sie mit krächzender Stimme zu mir herauf. Ihre Augen waren zu misstrauischen Schlitzen verengt. „Ich kenne Sie nicht!", klagte sie mich an und klopfte zur Unterstützung ihres Vorwurfes mit dem Stock gegen meine Schulter. „Wenn Sie nur hier sind, um nachher umsonst Kaffee und Kuchen zu kriegen, dann warne ich Sie! Das ist mit mir nicht zu machen!"

Noch bevor ich etwas entgegnen konnte, sprang mir Heinz bei, nahm sie zur Seite und erklärte ihr offensichtlich die Gründe für meine Anwesenheit. Sie schien seinen Ausführungen nur mit Widerwillen zu folgen, schüttelte immer wieder ungläubig den Kopf und sah zu mir hinüber. Dann schlurfte sie zu mir zurück.

„Na gut, dann soll das ja wohl so sein. Aber wehe, Sie können sich nicht benehmen, junger Mann!" Damit drehte sie sich um und wackelte zu ihrer Familie zurück. Was für ein Auftritt! Ich musste lachen. Dieses Dorf war scheinbar eine Fundgrube für schräge Gestalten, eine regelrechte Typenparade, gegen die die Muppets sich wie ein langweiliger Haufen ausmachten.

Kurz darauf ging es dann los. Heinz schob mich vor sich her und wir nahmen unsere Plätze ein, die sich in strategischer Nähe zum Sarg, aber abseits von Familie und Freunden befanden.

Der Ablauf von Trauerfeiern war mir durch aus bekannt, schon vor dem Tod meines Vaters vor fünf Jahren hatte ich der einen oder anderen Beerdigung beigewohnt. Hier aber war alles anders. Hier war ich Außenstehender, emotional unbeteiligt und nur zufällig anwesend. Mir vollkommen unbekannte Menschen trauerten um einen anderen, mir ebenfalls Unbekannten.

In der Stille dieses Raumes wurde mir plötzlich bewusst, wie besonders meine Situation war. Die Heiterkeit, die ich draußen aufgrund meines Außenseiterstatus' noch verspürt hatte, wich einer steigenden Neugierde. Ich wollte zuhören, was über den Verstorbenen gesagt und wie er betrauert wurde, und ich wollte die Lebenden dabei beobachten, auf welche Art sie dies taten.

Aufmerksam verfolgte ich daher die folgende halbe Stunde und den Ritus des Abschieds.

FÜNF

Als wir sechs Kerle dann noch vor der Trauergemeinde aufstanden, um den Sarg vom Aufbahrungstisch auf den Transportwagen zu heben, hatte ich eine ungefähre Vorstellung davon, wer und wie Günther Lotterbeck zu Lebzeiten gewesen sein musste. Drei Menschen hatten davon erzählt, wie ihr Leben mit ihm ausgesehen hatte, und auch der anwesende Geistliche hatte ihn wohl gut und lange gekannt.

Vor meinem inneren Auge entstand das Bild eines bodenständigen Mannes, der, mitten im Krieg geboren, in den sich anschließenden Jahren des Hungers und der Not aufgewachsen war. Der davon geprägt gewesen war, immer eine Lösung finden zu müssen, die dann, in Ermangelung anderer Möglichkeiten, auch so manches Mal knapp an der Legalität vorbeigeschrammt war. Dass er nicht nur auf dem Pütt ein guter Kumpel gewesen war, sondern auch für seine Familie, Freunde und Nachbarn. Aufbrausend war er wohl gewesen, der Günther. Wenn es nicht nach seiner Fasson ging, war er wohl gerne laut geworden, dann aber auch schnell wieder runter von der Palme, wie sich sein alter Nachbar erinnerte. Was ihn aber scheinbar hauptsächlich ausgemacht hatte, war sein Humor. Dass es immer etwas zu lachen gegeben hatte mit ihm, darin waren sich alle einig.

Ich war beeindruckt davon, wie sie ihrer Trauer Ausdruck verliehen und wie sie über den Toten sprachen. Sie zollten ihm Respekt, nahmen aber auch kein Blatt vor den Mund. In der Art, wie sie dem Verstorbenen einen würdevollen Abschied schenkten, spiegelte sich gleichzeitig das Ausmaß ihrer eigenen Würde wider. Das hatte ich so noch nicht erlebt und ich fragte mich, ob diese Haltung etwas war, was mit dieser Generation aussterben könnte.

Ich war jetzt zweiunddreißig und Emotionen aller Art waren mir nicht fremd, obgleich ich es mit meiner Mutter, bei der eine narzisstische Störung zu beklagen war, nie leicht gehabt hatte. Schon als Kind hatte ich erleben müssen, dass jede Beerdigung zur Bühne wurde, auf der meine Mutter, unfähig zu jeglicher Empathie, sich theatralisch zur Haupt-Leidtragenden aufschwang. Für sie war die Würde der wirklich Trauernden unsichtbar. Auch wenn ich die Jugendlichen von heute betrachtete, bekam ich zunehmend den Eindruck, sie seien gar nicht mehr zu eigenständigen Emotionen fähig, sondern ahmten nur noch die überzogenen Darstellungen von Youtubern oder Reality-TV-Sternchen nach. Als hätten sie gar nicht mehr gelernt, wie Menschen angemessen auf andere reagieren und wertschätzend miteinander umgehen sollten.

Was ich nun hier erlebte, empfand ich als unendlich wertvoll. Die Trauer darüber zu spüren, dass es keine gemeinsame Skatrunde und keinen Plausch über den Gartenzaun mehr mit ihm geben würde, war so echt und so intensiv, dass ich begann, mit ihnen zu fühlen. Um es auf den Punkt zu bringen – je länger ich den Trauerreden zugehörte, desto näher kam ich ihm, dem verstorbenen Günther Lotterbeck, sodass ich in dem Moment, als wir gemeinsam den Sarg anhoben, längst die Seiten gewechselt hatte.

Doch das sollte noch lange nicht das Ende meiner Metamorphose vom Beobachter zum Beteiligten sein.

SECHS

Gemeinsam mit dem Priester führten wir den Trauerzug an. Die Hände fest in den Trageschlaufen, schoben wir den fahrbaren Untersatz mit dem Sarg darauf im Zickzack über das kleine Friedhofsgelände, für deren holprige, von Starkregen ausgewaschenen Wege die Kommune scheinbar schon seit längerer Zeit kein Pflegegeld mehr ausgegeben hatte. Günther wurde auf seinem letzten Weg noch einmal ordentlich durchgeschüttelt, hielt sich aber erstaunlich gut und rumpelte glücklicherweise nicht von der Bahre.

Vor mir ging Heinz und auf der anderen Seite führte Jupp die Dreiergruppe an. Die beiden kannten den Weg gut und schon nach wenigen Minuten hatten wir die Grabstelle erreicht. Die Familie scharte sich um die ausgehobene Grube, der Priester sprach die üblichen letzten Worte und dann folgte das Unvermeidliche.

Ich hatte Angst, dass etwas schief gehen könnte, aber wir ließen Günther dann tatsächlich ohne Zwischenfälle in seine letzte Ruhestätte absinken. Erleichtert atmete ich auf; alles war gut gegangen. Einzig der Tiefscheitelträger – ich wusste mittlerweile, dass er Alfred hieß – war für Sekundenbruchteile aus der Form geraten, hatte doch eine aufkommende Böe sein kunstvoll drapiertes Haupthaar in die Gegenrichtung katapultiert und damit bei einigen Teilnehmenden hörbar für Erheiterung gesorgt.

Heinz hatte mir bei der Probe erklärt, dass wir als Sargträger die weißen Handschuhe, die wir bei der Bestattung benutzten, nach dem Herablassen des Sarges in die Grabstelle werfen würden. Es sei pietätlos, dieselben Handschuhe bei einer anderen

Bestattung zu tragen und irgendwie sei es auch eine letzte Ehrbezeugung dem Verstorbenen gegenüber. Das konnte ich nachvollziehen. Ich nestelte also meine Handschuhe von den schweißnassen Händen, um sie dann Sekunden später, gleichzeitig mit denen der anderen, ins Grab zu werfen. Das ging bei mir auch gut, jedoch war in dem Moment, in dem wir das taten, ein leises *Klock* zu hören.

Verunsichert schauten wir uns an und als Methusalix dann erschrocken seine Hand vor den Mund schlug schwante mir, dass etwas Schlimmes vorgefallen sein musste.

„Was ist passiert?", raunte Heinz ihm zu.

„Ich…", stotterte der Alte und starrte dabei ungläubig ins Grab, „ich muss ihn mit reingeworfen haben."

Ein Moment der absoluten Stille trat ein, während sich die Blicke der umstehenden Trauergemeinde und des wartenden Priesters spürbar in unsere Rücken bohrten.

„WAS hast du reingeworfen?", drängte Heinz flüsternd.

„Meinen Ehering."

Heinz blickte ihn fassungslos an. „Nein!", hauchte er und riss seine Augen weit auf. „Ach du sch…!"

Unser aller Fassungslosigkeit war quasi mit Händen zu greifen. Der Priester trat zu uns.

„Meine Herren? Alles in Ordnung?"

„Nein, leider nicht." Heinz schaute ihn verzweifelt an und sagte leise: „Ein Ehering ist mit ins Grab gefallen."

„Um Himmels Willen!" Der Priester sah entsetzt von einem zum anderen, dann ins Grab, als könne sich das Problem durch Hineinstarren lösen, und wiederholte sich. „Um Himmels Willen!"

Das Ganze konnte bisher nur etwa eine Minute gedauert haben, aber mittlerweile war deutliches Gemurmel aus der Runde der Trauernden zu hören. Scheinbar hatte sich herumgesprochen, dass es irgendein Problem gab. Die Witwe trat nun ebenfalls zu uns.

„Was ist los?", fragte sie in ihrer schnörkellosen Direktheit, die sie vorhin schon mir gegenüber an den Tag gelegt hatte.

„Irgendwas passiert?"

Der Priester übernahm und erklärte ihr leise, was geschehen war. Sie hob die Augenbrauen und schaute erst zu Methusalix und dann in unsere Runde.

„Na, das kann ja so nicht bleiben", sagte sie entschieden.

„Der Ring muss raus aus dem Grab. Wenn deine Maria das noch erlebt hätte, da wäre die aber stocksauer!"

Dann wendete sie sich mir zu.

„Na, dann mal los, junger Mann! Einer muss da jetzt reinklettern und den Ring suchen, und wenn ich mich hier so umschaue, dann sind Sie der Einzige, der körperlich dazu in der Lage ist, nicht nur rein, sondern auch wieder rauszukommen."

Und mit dem Satz: „Den Kuchen muss man sich eben manchmal hart verdienen!", drehte sie sich um, ließ mich sprachlos zurück und wackelte zu ihrer Verwandtschaft, um sie über das Geschehene zu informieren.

Die folgende Ring-Rettungsaktion war schon von ganz besonderer Qualität. Während die Jungs mich mit einem der Seile, die vorher den Sarg umfasst hatten, hinabließen, kam mir kurz in den Sinn, dass ich heute zwar noch kein Frühstück, dafür aber schon Erlebnisse vorzuweisen hatte, für die andere ein halbes Leben brauchten. Es war nicht zu fassen. Und nicht den Hauch einer Sekunde wäre es mir in den Sinn gekommen, der Witwe Lotterbeck zu widersprechen! Ihr tatsächlich wohl auch nicht, sie war scheinbar absolut sicher, dass ich genau das tun würde, was sie mir soeben aufgetragen hatte.

Als ich auf Günthers Sarg kniete, um die umliegenden Handschuhe auf ihren Inhalt zu untersuchen, versicherte ich ihn noch meiner Anteilnahme. Mit der Frau musste er es zu seinen Lebzeiten auch nicht immer leicht gehabt haben.

Ich fand schließlich den Handschuh mit dem Ring, nahm ihn heraus und steckte ihn in meine Jackentasche. Man zog mich wieder heraus und oben angekommen klopfte ich die Erde von meiner Kleidung und den Schuhen. Methusalix erhielt seinen Ring zurück und die Beerdigung nahm ohne weitere Katastrophen ihren Lauf.

Irgendwann zog die Trauergemeinde dann wie ein Lindwurm zurück zum Eingang des Friedhofs. Heinz hatte mich während des Rückmarsches seiner Frau Ingrid vorgestellt, einer voluminösen Frau, die ihrer Neugierde freien Lauf ließ und mir sämtliche Fragen zu Familienstand, Beruf, Hobbys und meiner Zukunftspläne gestellt hatte, noch bevor die Kapelle auch nur in Sichtweite war. Ob nun aus diesem Grunde oder aufgrund ihres Übergewichtes - wir waren dabei immer weiterzurückgefallen, bis wir dann letztlich das Ende des abziehenden Trauerzuges bildeten, und Ingrid schnaufte gehörig, als wir auf dem Parkplatz ankamen. Heinz schloss den Mercedes auf.

„Willst du mitfahren oder läufst du mit den anderen?"

Ich entschied mich für letzteres und beeilte mich, zur Gruppe der Fußgänger aufzuschließen, an deren Ende ich Alfred und Methusalix ausgemacht hatte.

„Na, frischgebackener Sargträger?" Alfred sortierte mal wieder seine Frisur, als ich bei ihnen ankam. „Wie war dein erstes Mal?"

Methusalix lachte heiser.

„Das musst du nicht erzählen Junge! Das geht den gar nix an, wie dein erstes Mal war. Der denkt immer nur an das eine."

Er winkte ab und grinste schelmisch.

„So war das gar nicht gemeint, alter Mann!" Alfred war die Situation offensichtlich peinlich und er schaute seinen Kumpel empört an.

„Naja", beeilte ich mich mit einer Antwort, um Alfred aus der Klemme zu helfen, „wenn ich immer mit ins Grab müsste, wäre das auf Dauer nichts für mich."

Nun war es Alfred, der laut auflachte, und Methusalix starrte zerknirscht auf den Gehweg.

„Da hast du wohl Recht. Du hast uns gerettet heute, in vielerlei Hinsicht." Er blieb stehen und wandte sich mir zu.

„Danke, Sven Ackermann." Er tippte sich zum Dank an die nicht vorhandene Mütze und Alfred nickte zustimmend.

Schweigend setzten wir unseren Weg fort, jeder in seine Gedanken versunken.

Als wir im Dorfkern in eine Seitengasse abbogen, ergriff Alfred wieder das Wort.

„Wir treffen uns jetzt gleich alle im Dorfkrug. Wilma, also Günthers Frau, hat so ziemlich das ganze Dorf zum Beerdigungskaffee eingeladen, also wunder' dich nicht. Es wird voll."

„Beerdigungskaffee ist gut", ergänzte Methusalix, „das kann noch ein langer Tag werden. Ich habe läuten hören, Günther hätte sich gewünscht, dass wir es ordentlich krachen lassen. Na, das kann er haben."

Der alte Mann grinste mich von der Seite an.

„Und abgesehen davon, dass es natürlich heute um Günther geht, wirst du wohl der zweite Star des Tages sein, nehme ich an." Er schüttelte den Kopf, als könne er es selbst nicht glauben.

„Mein Gott! Wildfremd, erster Tag im Dorf, kein Frühstück und schon im Grab gestanden. Das muss man erstmal schaffen."

Wir mussten alle drei lachen. Ich bemerkte, wie sich meine Anspannung löste und mein Magen mir eindeutige Signale schickte. Es wurde wirklich langsam Zeit für feste Nahrung.

ACHT

Wenige Minuten später standen wir vor einem alten Fachwerk-gebäude, das seine besten Tage eindeutig schon hinter sich hatte.

Alfred sah mein Stirnrunzeln.

„Das ist die älteste Kneipe im Dorf. Das heißt – war. Die mussten hier die Bude in Zeiten von Corona dicht machen und öffnen jetzt nur noch für Familienfeiern und Beerdigungen und so. Naja, ist ja auch eine Art Familienfeier." Sein Blick wurde wehmütig. „Wir waren alle Stammgäste. Unsere Kinder sind hier mehr oder weniger aufgewachsen. Sonntags zum Essen mit Oma, Geburtstagsfeiern, Kommunion, Hochzeit, Taufe. Nach dem Training hat hier jede Fußballmannschaft immer noch einen Absacker genommen."

Er schüttelte den Kopf und offenbar überrollte ihn plötzlich ein Gefühl von Wut und Ohnmacht.

„Mann! Jetzt trifft sich keiner mehr, weder hier noch woan-ders in diesem Dorf. Alles den Bach runter, wegen dieser scheiß Pandemie! Als wenn wir das verlernt hätten, das Zusammen-hocken." Er war sichtlich angezählt. „Und jetzt ist auch noch Günther tot und ...." Tränen suchten sich ihren Weg über seine Wangen und tropften auf das alte Kopfsteinpflaster.

„Ach, ist doch alles scheiße!", schimpfte er und stürmte nach vorn, als hielte er bei Emotionen Angriff für die beste Verteidi-gung. Er riss die Tür auf und wir betraten nacheinander den Schankraum.

Der Anblick, der mich erwartete, verschlug mir den Atem. Es war wie in einem Museum. Die niedrige Decke sorgte dafür, dass ich mich sofort bückte, um nicht mit dem Kopf gegen einen der alten, schwarzbraunen Holzbalken zu stoßen, die das Fachwerk von außen nach innen fortsetzten und Decken und Wände stützten. Durch die kleinen Fenster schien nur wenig Tageslicht in den Raum, sodass ohne eine zusätzliche Beleuchtung vermutlich nur Dämmerlicht herrschte. Die rustikale Möblierung, die ich im großelterlichen Wohnzimmer immer als *Eiche brutal* bezeichnet hatte, unterstützte mit ihrem dunkelbraunen Holz und den ebenso braunen Sitzbezügen den geradezu musealen Charakter.

'Vermutlich könnte man hier Eintritt nehmen', ging es mir durch den Kopf, und als ich beim Blick nach unten einen beigebraunen Linoleum auf dem Boden entdeckte, konnte ich einen lauten Heiterkeitsausbruch gerade noch verhindern. Diese alte Kneipe war echt ein Gesamtkunstwerk.

Wir schlängelten uns durch eine beeindruckende Menge Menschen, die in Grüppchen herumstanden und sich unterhielten. Ich bemerkte, dass man mich neugierig ansah. Die Stimmen wurden gesenkt und vermutlich unterhielt man sich über mich und die Frage, wer und wie ich hierhergekommen war. Ich beschloss, mir das versprochene Frühstück zu gönnen und dann schleunigst wieder zu verschwinden. Es wurde einfach Zeit, den Rest des Wochenendes nach meinen Plänen zu verbringen und nicht nach den spontanen Einfällen dieser Dorfbewohner.

„Komm, wir setzen uns da vorne an den Tisch. Nah an der Theke, weit weg von Wilma." Methusalix schlurfte auf eine Nische zu. „Die meckert doch immer, dass wir zu viel saufen. Als wenn wir ewig leben wollten."

Alfred hatte sich wieder gefangen und neben ihm Platz genommen. Während ich meinen Stuhl zurechtschob, schaute ich noch einmal durch den Raum und auf die Anwesenden. Plötzlich blieb mein Blick an einer Frau hängen, die hinter der Eiche-brutal-Theke stand, Gläser polierte und die mich genauso offensiv anschaute, wie Heinz es heute Morgen schon vor der Bäckerei getan hatte. Sie war etwa in meinem Alter und ich wollte es gerade mit einem Lächeln versuchen, als irgendein bulliger Typ der Marke Landwirt zwischen uns trat und den Blick versperrte. So ein Mist!

„Los, setzt dich, Sven Ackermann!", murrte Methusalix mitten in meine Gedanken. „Wir brauchen jetzt erstmal einen Schnaps."

„Ich habe heute noch nichts gegessen", entgegnete ich lahm und ergänzte, „außerdem trinke ich keinen Alkohol."

„Was ist denn mit dir verkehrt?"

Alfred blickte erstaunt auf als hätte ich ihm gerade eröffnet, ich sei an Pest und Cholera erkrankt. „Sag mal, bist du Moslem oder was? Da bist du hier aber am falschen Ort. Wir haben im Dorf zwei Brennereien, die müssen doch von irgendwas leben!"

Noch bevor ich etwas entgegnen konnte, mischte sich eine junge Frau ein, die neben unserem Tisch stand und seine letzten Worte offensichtlich gehört hatte.

„Sach mal, ich glaub' et hackt, Onkel Alfred! Erstens kann doch wohl jeder selbst entscheiden, ob er Alkohol trinken will oder nicht, und was ist zweitens daran verkehrt, Moslem zu sein? Kann doch jeder glauben, woran er will!"

Alfred rollte mit den Augen.

„Ja, da hast du recht. Ich zum Beispiel glaube an den heiligen Himbeergeist", entgegnete er. „Nix für ungut, Paula, ich hatte für einen Moment vergessen, dass dein Liebster so'n Moscheegänger ist. Aber komm bloß nicht irgendwann angerannt und jammer' mir die Ohren voll, weil du am Ende ein Kopftuch tragen sollst."

Ich fühlte mich nicht sehr wohl zwischen diesen Fronten offensichtlich unterschiedlicher Weltanschauungen und starrte auf das Tischtuch.

„Also ehrlich!" Sie war scheinbar noch nicht bereit, nachzugeben. „Inan ist kein Moscheegänger, sondern Alevit. Die versuchen übrigens ihr ganzes Leben lang, Nächstenliebe zu praktizieren. Davon bist du ja meilenweit entfernt. Und übrigens", fuhr sie fort, „wir sind hier im Ruhrgebiet von einer ganzen Menge Moslems umgeben. Dieses Dorf macht da keine Ausnahme. Hast du dich mal umgeguckt? Das ist normal, verstehst du?! Die Welt ist bunt. Höchste Zeit, dass das akzeptiert wird! Auch von so Ewig-Gestrigen wie dir." Sie drehte sich um und wendete sich wieder den übrigen Trauergästen zu.

Puh, das hatte gesessen. Ich fühlte mich immer noch unbehaglich. Aber Alfred gab sich unbeeindruckt.

„Die soll sich mal nicht so aufregen, ist doch alles gut", knurrte er, „ich hatte unter Tage mehr Kontakt zu Türken als sie in ihrem ganzen bisherigen Leben. Die waren alle in Ordnung. War sowieso eine eigene Welt da unten. Da hat es keinen interessiert, wo du herkamst oder woran du geglaubt hast. Trotzdem muss ich ja jetzt nicht zum Islam übertreten, nicht wahr? Oder auf ein schönes Herrengedeck verzichten."

Er erhob sich und stützte sich auf meine Schulter, als er sich an mir vorbeischob.

„Was darf's denn dann sein, Sven? Du musst gleich erstmal erzählen, wo du herkommst und …"

Weiter kam er nicht, denn er wurde von Heinz unterbrochen, der in der Zwischenzeit an den Tisch getreten war.

„Mensch, da seid ihr ja. Ich habe euch schon gesucht. Meine Herrn, ist das voll hier! So voll war es das letzte Mal, als wir den Hennes Meinert unter die Erde gebracht haben. Unseren alten Brennmeister", fügte er für mich erklärend hinzu.

„Hör zu, dahinten gibt es belegte Brötchen und Kaffee."

Er zeigte auf die andere Seite der alten Kneipe und klopfte mir auf die Schulter. „Du bist ja genauso ausgehungert wie ich, also sollten wir wohl lieber erstmal was essen, bevor wir einen Schnaps auf den Günther trinken.“

„Gute Idee“, antwortete ich, erhob mich aus dem Stuhl und folgte ihm quer durch den Raum. Aufgrund der eben gemachten Erfahrung verzichtete ich vorsichtshalber darauf, ihn über meine Einstellung zum Alkohol zu informieren. Wer konnte schon wissen, welche weiteren Tischfeuerwerke diese Dorfbevölkerung noch so auf Lager hatte, und die wollte ich lieber mit gefülltem Magen erleben.

Minuten später kehrten wir mit vollen Tellern und Kaffee zurück an den Tisch und Heinz gesellte sich zu uns.

„Die Weiber hocken sowieso alle zusammen bei der Wilma, da muss ich nicht bei sein. Ist schon gut, dass noch so viele da sind, die ihr jetzt helfen können. Die hatten vor vier Wochen erst ihren sechzigsten Hochzeitstag, das musst du dir mal vorstellen. Und jetzt ist er tot."

Heinz schüttelte den Kopf.

Schweigend verdrückten wir unsere halben Brötchen, die klassisch mit gefächerten Gürkchen und Kirschtomatenhälften drapiert waren und deren Belag auf einer fingerdicken Butterschicht klebte. Die Abwesenheit eines Mettigels hatte mich vorhin am Buffet ehrlich erstaunt, aber vielleicht kam der ja noch, ich war da zuversichtlich. Ich spürte, wie der heiße Kaffee und die Brötchen in meinem Magen ankamen und lehnte mich erleichtert zurück.

„Na wenigstens bist du kein Vegetarier", keckerte Methusalix, „dann ist ja noch nicht alles verloren."

„Wieso?", fragte Heinz Kaffee schlürfend.

„Unser neuer Sargträger hier trinkt keinen Alkohol, sagt er."

Der Alte schüttelte den Kopf. „Die Jugend von heute! Für die christliche Seefahrt nicht mehr zu gebrauchen."

Heinz hob erstaunt die Brauen, kaute auf dem letzten Brötchenbissen herum und nuschelte:

„Was ist denn mit dir verkehrt?"

Ja sag mal - hatten die sich abgesprochen, oder was? Ich spürte Unwillen in mir aufsteigen. Immerhin hatte ich mich, aus meiner Sicht, bislang äußerst kooperativ gezeigt, hatte mich auf alles eingelassen, was mir der Tag und diese Dorfkasperle vor die Füße geworfen hatten, und jetzt durfte mich hier jeder Zweite fragen, was mit mir verkehrt war?

Ich musste an meinen Freund Bernd denken. Hatte er das gemeint mit „Kein Bein an die Erde kriegen"? Ich meine, immerhin hatte ich heute sogar mit beiden Beinen IN der Erde dieses Dorfes gestanden, daran gab es ja wohl keinen Zweifel. Mehr ging ja quasi nicht. Und die fragten mich, was mit mir verkehrt war?

Gerade, als ich etwas entgegnen wollte, um danach dann doch endlich aufzustehen und zu gehen, geschah das Wunder. Das, was meinem Tag eine Wendung geben sollte, mit der nun wirklich nicht zu rechnen gewesen war.

Die Frau von der Theke, auf die ich vorhin für einen kurzen Moment einen Blick hatte werfen können, trat an unseren Tisch, schaute von einem zum anderen, bevor ihr Blick dann bei mir hängen blieb. Sie schaute mich lange an und dann, ganz langsam, begann sie zu lächeln. Als hätte sie noch darüber nachdenken müssen, ob sie mir dieses wunderbare Lächeln schenken sollte, oder nicht.

Es dauerte ungefähr eine halbe Sekunde und ich war verloren. Ich war hingerissen. Schockverliebt. Was für eine Frau! In dieser Kaschemme. In diesem Dorf. Sie passte so gut hier rein wie ein Fisch aufs Land. Ich starrte sie an und vermutlich hatte ich keinen besonders intelligenten Gesichtsausdruck.

Nach einigen Sekunden entließ sie mich wieder aus ihrem Blick und wendete sich der Tischrunde zu.

„So, meine Herren", sagte sie und deutete mit dem Kinn auf das Tablett, das sie in den Händen hielt, „was darf's denn sein – Pfläumchen oder Korn?"

„Na endlich!", und „Ich dachte schon, du hättest uns vergessen", entfuhr es den anderen.

Sie griffen zu, offensichtlich erkannten sie anhand der Farbe der Getränke, worum es sich handelte.

„Was ist mit dir?"

Sie schaute mich wieder an und ich war unfähig, irgendetwas zu antworten. Glücklicherweise sprang Methusalix in die Bresche.

„Der trinkt keinen Alkohol, sagt er."

„Na, wenn er das sagt." Sie verzog keine Miene und ich registrierte dankbar, dass sie mich nicht fragte, was mit mir verkehrt sei. „Was kann ich dir denn bringen, schöner Fremder?"

Ich war zu einer Antwort nicht in der Lage. Offensichtlich erkannte Heinz das und sprang ein.

„Sven, das geht doch nicht! Du hast vorhin im Grab gestanden! Das braucht einen Schnaps! Ich meine, wer kann das schon von sich sagen, dass er im Grab war und da wieder rausgekommen ist? Soweit ich weiß, ist das bis jetzt nur einem gelungen und dessen Auferstehung feiern wir jedes Jahr aufs Neue. Und du willst nicht mal einen Schnaps darauf trinken?"

„Wie bitte?", sie sah fragend in die Runde und Heinz erzählte ihr in wenigen Worten, was sich alles seit heute Morgen zugetragen hatte. Nach einem kurzen Zögern stellte sie ein Pinnchen mit brauner Flüssigkeit vor mich hin und nahm sich selbst auch eines.

„Heinz hat recht", sagte sie entschlossen, um mich dann mit einem erneuten, tiefen Blick in meine Augen endgültig in den Orbit zu katapultieren, „das geht nicht ohne einen Schnaps, Sven!"

Sie erhob ihr Glas.

„Prost, auf den Günther!"

„Auf den Günther!", antworteten die anderen im Chor, während sie ihre Pinnchen hoben und mich anschauten.

Was blieb mir anderes übrig? Ich hob das Glas, hörte mich „Auf den Günther!", sagen und gemeinsam leerten wir die kleinen Gläser in einem Zug. Wie lange hatte ich keinen Alkohol mehr getrunken? Bestimmt zehn Jahre.

Der Rest Pfläumchen schmeckte in meinem Mund nach und ich fand es gar nicht schlecht. Ich starrte der Wunderfrau hinterher, als sie zur Theke zurückging.

„Hat's dir die Sprache verschlagen, Sven Ackermann?"

Methusalix hatte sich offenbar darauf verlegt, mich immer mit vollem Namen anzusprechen.

„Die ist 'ne Granate, nicht wahr?!" Er legte einen schwärmerischen Gesichtsausdruck auf. „Also wenn ich noch jung wäre…"

Ich war nicht böse, dass der Satz unbeendet blieb, auf dieses Kopfkino konnte ich gerne verzichten.

„Sie heißt Helen und ist die Tochter von unserem Bäckermeister."

ZEHN

Helen also. Ich war wie gelähmt, aber gleichzeitig total wach und in Anspannung. Am liebsten wäre ich aufgestanden und ihr gefolgt, aber die Runde der Sargträger hielt mich am Tisch und ich musste erstmal erzählen, wer ich war, woher ich kam und was ich machte, um meinen Lebensunterhalt zu verdienen.

Dass jemand davon leben konnte, ein Instrument zu spielen, erschien ihnen offensichtlich surreal. Sie nahmen es zum Anlass, sich auch über andere, in ihren Augen mindestens fragwürdige moderne Berufsbilder die Mäuler zu zerreißen.

Was konnte ich schon dagegen sagen – sie hatten alle auf dem Pütt gearbeitet und sie waren am Tisch eindeutig in der Überzahl. Dass heute niemand mehr in einem Betrieb eine Ausbildung machte, um dann dort bis zum Renteneintritt in Lohn und Brot zu stehen, war scheinbar nicht allen klar. Heute konnte man froh sein, wenn man eine unbefristete Stelle erhielt, die einem ein wenig Sicherheit gab. Zukunftsplanungen sahen heute ganz anders aus als in den Aufbaujahren nach dem Krieg und den Zeiten des wirtschaftlichen Aufschwungs in den 50er und 60er Jahren. Man hatte damals körperlich hart arbeiten müssen, ohne Zweifel, aber heute war der Broterwerb auch kein Zuckerschlecken. Das moderne Arbeitsleben unterschied sich so grundlegend von den alten Berufsbildern, dass ich auf ihre Lästereien, heute könne ja niemand mehr etwas richtig, nur ergeben lächelte.

Letztlich akzeptierten sie aber meinen Berufsstand erstaunlich schnell und gingen wieder zu anderen Themen über. Ich hörte eine Weile zu, konnte mich aber kaum noch konzentrieren. Helen hatte komplett von meinem Hirn Besitz ergriffen.

Unter dem Vorwand, zur Toilette zu müssen, stahl ich mich daher nach einiger Zeit davon und arbeitete mich zur Theke vor.

Während ich um die herumstehenden Grüppchen mäanderte, ließ ich sie nicht aus den Augen. Sie zapfte Bier und hörte offenbar diesem bulligen Typen zu, der immer noch wie eine Klette an der Theke hing. Als sie mich bemerkte, umspielte ein Lächeln ihre Lippen und ich bildete mir ein, Erleichterung in ihrem Blick zu sehen. Vermutlich textete der Typ sie schon seit einer halben Stunde zu. Das war ihm nicht zu verübeln, schließlich war sie die schönste Frau im Raum, aber sie machte nicht den Eindruck, als würde er zu ihr durchdringen, und er war offenbar nicht der Typ Mann, dem das auffiel.

Aber genau in dem Moment, indem sich der Ritter in mir aufs Pferd schwingen wollte, um die Holde zu retten, stellte sich mir ein korpulenter Spätfünfziger in den Weg, der nicht nur einen schlechtsitzenden Anzug, sondern auch bereits eine beeindruckende Alkoholfahne vor sich her trug.

„Da ist ja unser Held!", nuschelte er und klopfte mir jovial auf die Schulter. „Komm mit – darauf müssen wir erstmal einen trinken!" Er zog mich neben sich her, und zu seiner Ehrenrettung muss ich sagen, dass er mich schneller zur Theke schaffte, als ich das allein hinbekommen hätte. Er bemerkte einfach nicht, wen er so alles anrempelte, und so wichen uns die Umstehenden aus reinem Eigenschutz aus. Er platzierte mich zwischen sich und dem Theken-Dauerparker und wendete sich an Helen.

„Mach ma zwei feddich, Helen. Wir müssen auf die Heldentat trinken."

Mehr um sein eigenes Gleichgewicht wieder herzustellen, als dem Helden in mir zu huldigen, legte er wieder seine Hand auf meine Schulter und rückte mir damit erheblich mehr auf die Pelle, als ich mir das gewünscht hätte.

Helen sah das und runzelte die Stirn.

„Ich glaube, du hattest schon genug und außerdem trinkt Sven keinen Alkohol."

Seine Hand rutschte endlich wieder von meiner Schulter und mit glasigem Blick suchte er in meinem Gesicht nach einer Antwort auf die unvermeidliche Frage.

„Was ist denn mit dir verkehrt?" Und als wäre das noch nicht genug, ergänzte der Bauerntyp links neben mir:

„Wollte ich auch grad fragen."

Es entbrannte eine wilde Debatte über die Sinnlosigkeit des Alkoholverzichtes und irgendwann gab ich einfach auf.

„Mach doch bitte drei fertig", sagte ich zu Helen, „oder besser vier."

„Na also, geht doch!", und „Wurde ja auch Zeit!", tönte es von rechts und links, während Helen kopfschüttelnd Pinnchen mit Pfläumchen füllte und vor uns hinstellte.

„Auf den Günther", sagte sie, wir stimmten ein und kippten den Schnaps.

„Nee, warte mal, jetzt haben wir aber einen Fehler gemacht", nuschelte der Spätfünfziger.

„Wir wollten doch auf den Helden trinken."

Sie schaute mich belustigt an und auf mein Nicken hin füllte sie die Gläschen erneut.

„Na dann", grinste sie, „auf den Helden des Tages!"

„Auf den Helden des Tages!", echote es aus meiner unmittelbaren Nachbarschaft und schon war der nächste Kurze gekippt.

Ich stelle fest, dass mir das Zeug mit jedem Mal besser schmeckte, nahm mir aber vor, dass das jetzt der letzte gewesen sein sollte. Andererseits war ich jetzt endlich da, wo ich sein wollte, und das hatte eindeutig seinen Charme. Die Frage war nur, wie ich meine beiden Begleiter loswerden konnte.

Aber dieser Tag war scheinbar keiner, an dem ich irgendeine autarke Entscheidung treffen konnte – alles lag vollkommen in der Hand dieses Dorfes und seiner Bewohner. Ob ich es wollte oder nicht, ich erfuhr, dass der bullige Kerl zu meiner Linken gar kein Bauer, sondern Maurermeister war, sinnigerweise Paul Baumann hieß und sich mit Helen schon im Kindergarten um die Förmchen gekloppt hatte. Frühere Niederlagen hatten ihn scheinbar nichts gelehrt, denn seine Avancen ihr gegenüber wären auch für einen Taubblinden mühelos zu erkennen gewesen. Die Vorstellung seiner Person ging selbstverständlich nicht ohne weitere Pfläumchen vonstatten, sodass ich in der Zwischenzeit mehr als eine Hand brauchte, um die zu mir genommenen Pinnchen abzuzählen.

„Wenn du also mal was zu mauern hast – ich bin dein Mann!", beendete er seine Vorstellung und zur Unterstützung seines Angebotes hob er erneut das Glas.

Helen schien sich prächtig zu amüsieren, vermutlich war sie erleichtert, dass nicht mehr sie allein das Ziel seiner Ansprache war.

„Danke", antwortete ich, „aber das dürfte dauern. Ich bin gestern erst in eine Mietwohnung eingezogen." Und worauf ich nun wirklich vorher schon hätte kommen können – alle wussten bereits, wo ich wohnte.

„Ja, schon gehört", lallte der Anzug zur Rechten, „bei Tante Gertrud unten. Die ist froh, dass sie wieder jemanden im Haus hat. Du musst wissen", er senkte seine Stimme, als stünde besagte Tante direkt hinter uns, „die ist froh, wenn sie nicht mehr alleine im Haus wohnt. Die lebt in ständiger Angst vor Einbrechern."

„Jau", giggelte Paul, „was meinst denn du, warum die im ersten Stock wohnt und nicht unten?! Damit sie nicht als Erste überfallen wird." Er lachte laut und schlug mit der flachen Hand auf die Holztheke, als handele es sich um einen besonders guten Witz.

„Die hat sich lieber einen Treppenlift einbauen lassen, als nach unten zu ziehen."

Es war erstaunlich, tatsächlich hatte ich mich schon gewundert, dass ich den Zuschlag bekommen hatte, obwohl sich auch eine Frau mittleren Alters um die Wohnung beworben hatte. Für einen alleinstehenden, verhältnismäßig jungen Mann bedeutete dies normalerweise das Ende aller Hoffnungen auf die begehrte Bleibe. Dass die Gute in mir einen Prellbock für potenzielle Schurken sah, erheiterte mich irgendwie, was vermutlich auch der Anzahl der zu mir genommenen Schnäpse zuzuschreiben war.

„Darauf trinken wir noch einen!", nuschelte Tante Gertruds Neffe.

Aber dazu kam es nicht mehr, denn plötzlich spürte ich wieder dieses Klopfen auf meiner Schulter, welches ich heute Morgen schon vor der Kapelle kennen gelernt hatte. Meine Erinnerung sollte mich nicht täuschen. Als ich mich umdrehte, stand tatsächlich wieder die Witwe Lotterbeck vor mir und erstaunte mich aufs Neue mit ihrer Direktheit.

„Sie müssen mir helfen, junger Mann. Können Sie Autofahren?"

Ich wollte gerade antworten, aber mein rechter Thekenkumpel kam mir zuvor.

„Wilma, lass den Mann. Wir müssen jetzt erst nochmal auf seine Heldentat trinken", nuschelte er und hob sein Glas Richtung Helen, wohl um sie aufzufordern, wieder aufzufüllen.

„Du trinkst besser auf gar nichts mehr und gehst nach Hause, Schmidtchen. Ich glaube, du hattest genug. Geh nach Hause und leg dich hin, damit du morgen wieder fit bist und deine Kunden über den Leisten ziehen kannst."

Der Angesprochene war empört.

„Ja sag mal, wie redest du denn mit einem ehrenwerten Bürger dieses Dorfes? Erstens heiße ich Kleinschmidt", lamentierte er, „zweitens", und mit einer weit ausholenden Geste fegte er nonchalant unsere vier Pinnchen von der Theke, sodass Helen erschrocken zurücksprang, „versichere ich hier jeden und alles!"

Die Witwe Lotterbeck ignorierte seinen Einwand.

„Wer nichts wird, wird Wirt. Und ist ihm das noch nicht gelungen, dann macht er in Versicherungen", trat sie verbal nach, während sie beherzt nach meinen Jackenärmel griff und mich von der Theke wegzog. „Los, kommen Sie mal hier weg, junger Mann. Hier versteht man ja sein eigenes Wort nicht."

Unwillig folgte ich ihr nach draußen und sie wiederholte ihre Frage von gerade.

„Können Sie Autofahren?"

„Theoretisch ja.", antwortete ich kryptisch.

„Was soll das heißen?", fragte sie ungeduldig.

„Ich habe zwar einen Führerschein, aber auch schon…", ich schaute auf meine Hände und zählte an den Fingern ab, „…mindestens acht Pfläumchen getrunken. Eher neun."

Ich legte meinen Dackelblick auf, der hatte mich bislang noch um jede Hürde manövriert. Sie jedoch blieb unbeeindruckt.

„Das macht nichts.", gab sie zurück. „Mein Patenkind ist hier unser Dorfpolizist. Der winkt uns durch."

Mein Gott, hier wurde ja wirklich jedes Klischee erfüllt! Hing hier eigentlich irgendwo eine Kamera? Versteckte sich möglicherweise hinter irgendeinem Baum so ein grenzdebiler Fernsehfuzzi, der gleich hervorspringen und mir mitteilen würde, alles sei bloß ein Scherz?

Offensichtlich bemerkte sie, dass mir eine Erklärung für ihre Frage fehlte.

„Es ist so", begann sie und scheinbar fiel es ihr nicht ganz leicht, „mein Mann hat mir das Versprechen abgenommen, dass am Tag seiner Beerdigung noch seine Lieblingsmusik gespielt werden soll. Er meinte, wenn seine Kumpels auch noch nach fünfzehn Uhr da sind, sich an die guten, gemeinsamen Zeiten erinnern und auf sein Wohl trinken, dann solle auch gesungen und getanzt werden."

„Und was habe ich damit zu tun?", fragte ich.

„Sie sind das Ergebnis eines Ausschlussverfahrens.", entgegnete sie trocken. „Alle anderen machten mir gerade nicht den Eindruck, als könnten sie noch Autofahren. Allerdings hat mir auch irgendwer vorhin erzählt, Sie würden keinen Alkohol trinken." Sie legte wieder ihren strengen Gesichtsausdruck auf.

„Das war ja scheinbar gelogen."

„Sagen wir mal so", antwortete ich diplomatisch, „ich befürchte, ich hatte keine Chance."

„Das kann ich glauben.", erwiderte sie friedfertig und drückte mir einen Autoschlüssel in die Hand.

„Sie täten mir einen großen Gefallen. Kommen Sie, es ist nicht weit und wir sind gleich wieder zurück. Helen bleibt bis zum Schluss, keine Angst."

Es war nicht zu glauben. War ich so leicht zu durchschauen? Aber wie hatte sie das mitbekommen?

Staunend folgte ich ihr auf den Parkplatz. Wie sich herausstellte, hatte Heinz ihr seine Autoschlüssel übergeben – er würde heute nirgendwo mehr hinfahren, so viel war klar. Vermutlich waren die Sargträger in Sachen Schnäpse schon im mittleren zweistelligen Bereich angelangt.

ZWÖLF

Das Schweigen auf dem kurzen Weg zum Hause Lotterbeck wurde nur durch ihre zackigen Richtungsanweisungen unterbrochen. Wir fuhren in die Einfahrt eines alten Zechenhauses, das vermutlich in den Anfängen des letzten Jahrhunderts für Mitarbeiter der ortsansässigen Schachtanlage gebaut worden war und in der Mitte einer ganzen Reihe gleicher oder ähnlicher Häuser lag.

Ich mochte diese Häuser mit ihrer stabilen Bauweise und den Mansarde-Dächern. Längst verdeckten weiße oder farbige Anstriche die ehemals rußgeschwärzten Backsteinmauern, und statt einer Ziege standen nun vermutlich Fahrräder und Rasenmäher in den ehemaligen Ställen.

Ich betrat hinter der Witwe Lotterbeck das Haus.

„Nun mal nicht so schüchtern. Kommen Sie.", forderte sie mich auf, ihr ins Wohnzimmer zu folgen.

Auch hier dominierte *Eiche brutal* und die Luft roch abgestanden. Sie schlurfte zu einem alten Phonoschrank, einem jener von der Zeit überholten Möbelstücken, die man nur noch bei alten Leuten sah, oder auf dem Flohmarkt. Sie öffnete die Seitentür und entnahm einige Schallplatten.

„Würden Sie die bitte mal halten?", bat sie und drückte mir einige der alten Tonträger in die Hand. Ein erneuter Griff in das Fach förderte noch weitere Exemplare zutage. Sie schaute sie durch, legte zwei wieder zurück und schloss die Schranktür.

„So, das sollte reichen. Wir wollen es ja nicht übertreiben."

Ich hielt etwa zwei Dutzend Platten in der Hand.

„Dann können wir zurückfahren." Auf ihren Stock gestützt schlurfte sie wieder aus dem Wohnzimmer, hielt aber in dem großen Flur vor der Haustür plötzlich inne.

„Sie fragen sich bestimmt, was wir für komische Leute sind, oder?" Sie schaute mir prüfend in die Augen. Ich war unsicher, was ich antworten sollte und die Zahl der zu mir genommenen Pfläumchen machte die Sache nicht leichter. Also versuchte ich es mit meinem Geheimrezept für solche Gelegenheiten: entwaffnender Offenheit.

„Ehrlich gesagt, wundere ich mich seit heute Morgen über gar nichts mehr."

Für einen kurzen Moment schaute sie mich an, dann fing sie plötzlich an zu lachen. Ihr Lachen steigerte sich, ihr Körper bebte geradezu, und ich konnte gar nicht anders, als mit einzustimmen.

Dann, von einer Sekunde auf die andere, ging ihr Lachen in Weinen über. Ich stand vor ihr und war mitgenommen vom Ausmaß ihrer Trauer, die nun scheinbar mit voller Wucht über sie kam. Kein Wunder, schoss es mir durch den Kopf, die ganze Zeit hatte sie die resolute Witwe herausgekehrt, die Frau, die alles im Griff hat, die die Fassung bewahrt. Hatte sich nicht erlaubt, Trauer zu zeigen. Bis jetzt. Dieser Frau, die möglicherweise nach dem Krieg Steine geklopft und stundenlang für rationiertes Brot angestanden hatte, war das vermutlich ins Genom übergegangen.

Unsicher, wie ich mich verhalten sollte, folgte ich einfach einem Impuls, stellte die Platten ab und nahm sie in den Arm. Sie versteifte sich merklich, ließ es aber zu. So standen wir eine Weile, bis sie sich beruhigte. Wir nahmen den Abstand von vorher wieder ein.

„Bitte entschuldigen Sie", schniefte sie und schnäuzte umständlich in ein Stofftaschentuch.

„Das darf sein", antwortete ich und ergänzte aufmunternd, „und es kann ja unter uns bleiben."

Schon lachte sie wieder. Sie stopfte ihr Taschentuch in ihre Jackentasche und wandte sich zur Haustür.

„Na dann kommen Sie, fahren wir zurück und gucken, wer noch da ist. Oder nüchtern."

Mit dem Stapel Schallplatten unter dem Arm folgte ich der alten Dame wieder in die alte Dorfkneipe. Sie wies auf einen Plattenspieler, der in einer Ecke des Schankraumes auf einem Tisch stand und den ich vorhin wohl nur nicht gesehen hatte, weil es noch sehr viel voller gewesen war.

In der Zwischenzeit hatte sich die Zahl der Trauergäste merklich reduziert, aber es waren schätzungsweise weiterhin über vierzig Menschen im Raum, die sich, ins Gespräch vertieft, auf die verschiedenen Tische verteilt hatten. Helen stand immer noch hinter der Theke und ließ mich nicht aus den Augen. Wir lächelten uns zu.

Mit großem Hallo wurde ich vom Tisch der Sargträger begrüßt, also legte ich die Platten ab und ging zu ihnen hinüber. Offensichtlich hatte Helen es aufgegeben, wegen jeder Pinnchen-Auffüllung zu ihnen zu gehen, stattdessen jeweils eine Flasche Korn und Pfläumchen auf den Tisch gestellt und die Runde der alten Männer sich selbst und ihrem Schicksal überlassen.

„Sven Ackermann!", jubelte mir Methusalix zu. „Wir haben uns schon gefragt, wo du steckst." Er nahm eine der Flaschen und drehte sich zur Theke. „Helen! Wir brauchen ein Glas für den Sven, der muss was aufholen!"

Während die Angesprochene sich auf den Weg machte, füllte er die auf dem Tisch stehenden Pinnchen auf. Das konnte ja heiter werden. Die kurze Auszeit während der Fahrt zum Hause Lotterbeck hatte meinem Alkoholspiegel eindeutig gutgetan und eigentlich hatte ich mir auf der Rückfahrt vorgenommen, alle weiteren Trinkangebote abzulehnen.

Helen trat an den Tisch und stellte das kleine Glas vor mich hin.

„Wo hast du gesteckt?", fragte sie, „wir haben uns schon Sorgen gemacht."

„Ja genau!", ergänzte Alfred lautstark. Scheinbar sorgte der rege Konsum geistiger Getränke bei den Anwesenden für Wahrnehmungsschwierigkeiten. Die Lautstärke war enorm gestiegen, seit ich die Kneipe verlassen hatte.

„Ich habe mit Frau Lotterbeck Schallplatten geholt", hob ich daher meine Stimme an, um mir Gehör zu verschaffen. Wie elektrisiert fuhr Jupp aus seinem Stuhl hoch.

„Nich' wahr! Echt? Wo sind die?" Er schob polternd seinen Stuhl zurück und quetschte sich hinter mir aus der Sitzecke. Ich wies auf den Tisch mit dem Schallplattenspieler und er wankte sofort hin.

„Jupp! Guck mal, ob unser Lied dabei ist! Wir müssen singen – für den Günther!", rief Alfred quer durch den Raum und sortierte wieder mal seine Haare, was ihm zunehmend Schwierigkeiten bereitete. Seine Frisur war in der Zwischenzeit merklich aus der Form geraten. Kein Wunder, denn er war scheinbar ganz aus dem Häuschen.

„Jau!", antwortete der Angesprochene, „hier ist sie. Ölt schon mal die Stimmen, gleich geht's los!"

Irritiert schaute ich zu Helen hinüber, die das alles mitverfolgt hatte und offensichtlich kaum noch ein lautes Lachen verhindern konnte. Schnell kam sie wieder hinter der Theke hervor, beugte sich zu mir herunter und raunte mir ins Ohr:

„Die Jungs werden jetzt ein Lied aus den späten Fünfzigern singen. Günther ist früher gerne Bergsteigen gewesen und hat die Platte aus den Alpen mitgebracht. Seitdem singen sie das auf jedem Geburtstag – solange ich denken kann. Mach' dich auf was gefasst."

Sie hatte recht. Alle waren aufgestanden, räusperten sich oder ölten nochmal mit Korn oder Pfläumchen nach. Kaum hatte Jupp die Nadel auf die Platte gebracht, kam er an den Tisch zurückgeeilt und im Hintergrund erklang ein mehrstimmiger Männerchor. Meine Sargträger-Kumpane hatten ein ernstes Gesicht aufgelegt und ihre Blicke schienen auf einem in der Ferne liegenden Bergmassiv zu ruhen.

Hörst du La Montanara – die Berge, sie grüßen dich…

Um Himmels Willen! dachte ich und prustete ins Glas, während die alten Männer um mich herum einträchtig mitsangen.

Hörst du mein Echo schallen…

Ihre Stimmen gewannen an Festigkeit und ich konnte nicht umhin sie zu bewundern, aller Erheiterung zum Trotz. Wie sie hier standen, mit einer Ernsthaftigkeit und Inbrunst! Trotzdem suchten Helen und ich immer wieder Blickkontakt, und je länger das Lied ging, desto weniger konnten wir die Form wahren.

Als die Darbietung mit einem lauten *La Montanara Ueee* und weit ausgestreckten Armen der Sänger endete, war ich völlig fertig vor lauter unterdrücktem Lachen. Ich lenkte ab, indem ich laut applaudierte und japste:

„Einen Korn für alle!" Was mir natürlich die Zustimmung der Beteiligten und Schulterklopfen einbrachte.

„Na, das war was, oder, Sven Ackermann?" Methusalix ließ sich wieder auf seinen Stuhl fallen. „Das hast du noch nicht erlebt, oder?"

„Nein.", antwortete ich wahrheitsgemäß und immer noch mit gebrochener Stimme, „sowas habe ich noch nicht erlebt. Grandios!" Zur Ablenkung füllte ich einfach mal alle Pinnchen. Das konnte möglicherweise helfen, mich wieder einzukriegen.

„Du kennst dich doch aus mit Musik", ergänzte Jupp, „Und du wirst zugeben müssen, das war ganz großes Tennis!"

„Ganz großes Tennis!", bestätigte ich.

Herrlich! Wann hatte ich das letzte Mal so einen Spaß gehabt? Helen kam mit einer weiteren Flasche Pfläumchen hinter der Theke hervor, nahm sich einen Stuhl vom Nachbartisch und setzte sich zu uns.

„Hier ist die Stimmung eindeutig am besten", erklärte sie und füllte mal wieder auf.

„Das war Günthers Lied. Also: Auf den Günther!"

„Auf den Günther!", schallte es zurück und gemeinsam mit den Chorknaben kippte ich den Kurzen, als hätte ich meinen Lebtag nichts anderes gemacht.

Jupp war jetzt nicht mehr vom Plattenspieler wegzubekommen. Viele der Lieder hatten echte Gassenhauer-Qualitäten und einige kannte ich auch von unseren eigenen Familienfeiern. So sang ich mit den anderen im Chor zu *Ein Bett im Kornfeld* von Jürgen Drews, oder *Er gehört zu mir* von Marianne Rosenberg. Jedes Lied wurde mit einem weiteren Schnaps begonnen und meistens auch beendet, sodass mein Vorsatz, nun auf Alkohol zu verzichten, schnell vergessen war.

Die alten Jungs waren nicht klein zu kriegen und anstatt irgendwann zu ermüden, schienen sie sich zu immer neuen Höhen aufzuschwingen. Auch stimmlich. Jupp legte am laufenden Band weitere Lieblingslieder von Günther auf und ich staunte, wie textsicher sie waren.

Bei einem Lied jedoch brachen bei mir endgültig alle Dämme. Ein Mann namens Bata Ilic schmetterte *Ich möcht' der Knopf an deiner Bluse sein…* Ich schüttete mich aus vor Lachen, insbesondere, weil Jupp aufsprang, seine Frau in die Mitte des Raumes zog und zum Tanzen nötigte, während er lauthals mitsang. Die arme Frau schüttelte zwar den Kopf und rollte mit den Augen, schwofte aber widerstandslos mit ihm über die Tanzfläche. Vermutlich war ihr klar, dass sie ihrem betrunkenen Ehemann diese Flausen heute nicht austreiben konnte. Die übrigen Frauen am Tisch amüsierten sich offensichtlich ebenfalls prächtig.

In der Zwischenzeit war ich dazu übergegangen, selbst die Gläser aufzufüllen, sobald sie leer waren. Die entstandene Stimmung war einfach unfassbar gut. Was erstaunlich war, wenn man bedachte, dass es sich eigentlich um eine Beerdigungsfeier handelte.

Und wenn mir jemand gesagt hätte, dass dies noch lange nicht der Höhepunkt gewesen sein sollte, hätte ich ungläubig abgewunken. Wie sollte das noch getoppt werden?

VIERZEHN

Dennoch – es kam genau so, und das hatte mit einem der Sargträger zu tun, der bislang noch nicht weiter in den Vordergrund getreten war – weder bei der Beerdigungszeremonie noch in der Kneipe. Er schien ein stiller Geselle zu sein, saß mit uns am Tisch, war aber die ganze Zeit über eher Zuhörer gewesen, hatte mitgetrunken, sich aber nicht lautstark an den Gesprächen beteiligt. Heinz hatte ihn mir heute Morgen vor der Beerdigung als Luigi vorgestellt, was ich zu dem Zeitpunkt als Spitznamen aufgefasst hatte. Ich sollte mich sehr getäuscht haben, denn der Mann war tatsächlich so italienisch wie sein Name. Rein optisch sowieso, wie mir erst jetzt so richtig auffiel, denn er war von kleiner, drahtiger Statur und hatte das, was man gerne als eine klassisch römische Nase bezeichnete. In der Haarfarbe unterschied er sich nicht von den anderen – sein schütteres Haar war schlohweiß – aber früher mochte es durchaus so schwarz gewesen sein, wie es seine buschigen Brauen noch immer waren.

Mittlerweile hatte Jupp seine Tanzpartnerin galant wieder an den Frauentisch geleitet, sich mit einem Handkuss von ihr verabschiedet und war an den Plattenspieler zurückgekehrt. Er griff erneut in die Sammlung, hielt plötzlich ein Exemplar wie eine hart erkämpfte Trophäe in den Himmel und jauchzte:

„Luigi!!!"

Die lauten Gespräche an unserem Tisch erstarben, alle schauten zu ihm hinüber.

„Luigi", rief er erneut und wedelte mit der Schallplatte in der Luft herum, „dein Auftritt!"

Alle am Tisch schauten nun zu dem Angesprochenen und der runzelte die Stirn. Die übrigen Sargträger redeten plötzlich alle durcheinander, sodass ich nicht verstehen konnte, worum es ging. Ich goss einfach mal nach, musste mein nächstes Pfläumchen aber alleine kippen, weil alle anderen aufgeregt auf ihn einquatschten.

Luigi schaute von einem zum anderen, winkte dann ab. „Nee, jetzt mal ehrlich, Leute! Ich bin zu alt dafür."

Er erntete lauten Widerspruch, alle schienen ihn zu etwas überreden zu wollen. Er wirkte weiterhin ablehnend und schüttelte den Kopf. Bis – ja, bis Helen plötzlich aufstand, ihm ein volles Pinnchen hinhielt und mit leiser Stimme sagte:

„Bitte, Luigi! Für den Günther!"

Am Tisch wurde es still, alle schauten zu Helen hoch, die wie ein Fels in der Brandung dort stand und auf seine Antwort wartete. Unsere Blicke wanderten von ihr zu ihm und nach einer Weile konnte ich sehen, dass sein Widerstand gebrochen war. Er nahm das Glas und hob ergeben die Brauen.

„In Gottes Namen. Dann eben für den Günther. Ein letztes Mal." Er stürzte den Inhalt hinunter und am Tisch erscholl lauter Jubel. Ich hatte keine Ahnung, was das bedeutete, aber ich musste nicht lange warten.

Alle anderen Sargträger standen nun auf und machten Platz, damit Luigi aus seiner Ecke herauskommen und in die Raummitte gehen konnte, zu der Fläche, die Jupp kurz zuvor zur Tanzfläche erkoren hatte. Sie folgten ihm, stellten sich hinter ihm in einer Reihe auf und legten ihre Arme in schönster Sirtaki-Manier jeweils auf die Schultern des Nebenmannes. Dann räusperte sich Jupp und bat alle Anwesenden um Ruhe, was vollkommen unnötig war, denn in der Zwischenzeit waren ohnehin alle Gespräche verstummt.

Helen setzte sich direkt neben mich, was zur Folge hatte, dass ich mich kaum noch auf das Schauspiel vor mir konzentrieren konnte. Sie lächelte mich an und ich bereute, dass mich der Alkohol in der Zwischenzeit all meiner Eloquenz beraubt hatte. Ihr Lächeln machte mich fertig, ich hatte das unbedingte Bedürfnis, etwas Kluges zu sagen, aber meine Zunge klebte offenbar irgendwo am Oberkiefer fest und mein Hirn waberte durch meinen Schädel. Wenn ich noch zu einem klaren Gedanken fähig gewesen wäre, dann hätte ich mich daran erinnert, dass genau das seinerzeit der Grund gewesen war, warum ich dem Alkohol abgeschworen hatte. Aber das sollte mir erst wieder sehr viel später einfallen.

Jupp legte geradezu ehrfürchtig eine Schallplatte auf den Teller und noch bevor er die Nadel aufsetzte, sagte er mit weit ausladender Geste:

„Meine Damen und Herren, erleben Sie nun Luigi de Cillia als Adriano Celentano!"

Das war ja nicht zu fassen! Adriano Celentano! Wenn es einen italienischen Musiker der Neuzeit gab, dem ich zu Füßen lag, dann war es dieser! Was für ein Künstler! Was für ein Wahnsinns-Typ! Der personifizierte Machismo. Der Mann hatte alles, was ich nicht hatte, von dem ich früher aber immer gedacht hatte, dass man es als Mann haben müsste. Als kleiner Junge schon hatte mich die Musik gepackt. Sie lief bei uns zuhause an fast jedem Wochenende in Dauerschleife und ich hatte damals immer, mit der Bürste als Mikrofonersatz in der Hand, vor dem Spiegel im Flur gestanden und mitgesungen. Also – ich sang das, was ich zu verstehen glaubte, aber das laut und gerne. Was hatte ich für einen Spaß gehabt!

Gespannt wartete ich auf das, was kommen sollte, und es übertraf alle meine Vorstellungen.

FÜNFZEHN

Schon an den ersten Gitarrenklängen erkannte ich, was es geben würde, und kurz darauf sang Luigi live, was Adriano Celentano aus der Konserve zum Besten gab, nämlich die ersten Zeilen aus meinem absoluten Lieblingslied.

„Una festa sui prati…"

Mir stockte der Atem. Es war nicht zu glauben! Mein musikalischer Held – hier, in diesem Dorf, an diesem surrealen Tag, neben mir eine unfassbar schöne Frau!

Wie versteinert saß ich auf dem alten Holzstuhl, unfähig, mich zu bewegen.

„Una bella compagnia…"

Ich blickte unauffällig zu Helen hinüber und fragte mich, ob sie die Bedeutung dieser Worte verstand. *Eine schöne Begleitung an meiner Seite…*

Als ich wieder zu Luigi und den anderen schaute, bemerkte ich, dass die Sargträgertruppe angefangen hatte, gleichzeitig im Takt der Musik abwechselnd erst das rechte, dann das linke Bein anzuheben.

„Panini, vino, sacco die risate….."

Ja, dachte ich, alles, was es für einen glücklichen Moment braucht, ist eine schöne Frau an der Seite, belegte Brötchenhälften, Alkohol und das Gelächter von Freunden.

Die Musik wurde mitreißender und es stellte sich schnell heraus, dass der stille Luigi eine regelrechte Rampensau war. Er mochte die siebzig schon eine ganze Weile überschritten haben, aber er hatte immer noch einen Hüftschwung, um den ihn Elvis zu seinen besten Zeiten beneidet hätte. Er stand Celentano auch stimmlich in nichts nach, grub sich bis in die untersten Basstiefen vor und trällerte in den hohen Tönen, als hätte er in seinem Leben nichts anderes getan. Die Jungs hinter ihm schunkelten die ganze Zeit mit, als seien sie Teil seines Bühnenprogramms. Das machten die hier nicht zum ersten Mal, soviel war klar.

Ich schaute wieder zu Helen und sie lachte mich an.

„Super, oder?!"

Ich konnte nur nicken und musste dann schnell wieder hinsehen. Es war einfach zu gut. Irgendwann begannen wir mitzuklatschen und im Finale sangen wir lauthals mit:

„lalala-lalalalala…..lalala-lalalalala…..".

Das Ende des Liedes ging im Applaus und dem Jubel der Sargträger unter. Sie bemerkten erst spät, dass Wilma hinzugetreten war. Sie nahm Luigi in den Arm und küsste ihn auf die Wangen. Die anderen schauten gerührt zu. Scheinbar hätte sich der Verstorbene über diesen Auftritt gefreut, ging es mir durch mein halb vernebeltes Hirn.

Jupp trat zurück an den Plattenspieler, wechselte den Tonträger aus und rief laut:

„Damenwahl!"

Dann nahm das Schicksal seinen Lauf – und meinte es gut mit mir. Helen sprang auf, hielt mir die Hand hin und fragte: „Darf ich bitten?"

Im Hintergrund trällerte Gitte Haenning *„Ich will 'nen Cowboy als Mann"*, und für einen kurzen Moment dachte ich verunsichert, dass ich sicherlich der am weitesten von einem Cowboy entfernte Mann war und Helen daher möglicherweise enttäuscht sein könnte. Aber so richtig fassen konnte ich diesen Gedanken nicht und er verschwand so schnell, wie er gekommen war.

Stattdessen ergriff ich ihre Hand und ließ mich von ihr auf die Tanzfläche ziehen. Mit Wucht ergriff mich eine Euphorie, die ich so noch nie erlebt hatte. Ich war der glücklichste Mensch auf Erden, denn ich tanzte mit der schönsten Frau von allen – ich war unbesiegbar! Helen legte die Arme um meinen Hals und wir schunkelten und sangen gemeinsam durch die gutgelaunte Schnulze, als wäre das schon immer so gewesen. Alles war perfekt, wir waren eins – ein Takt, ein Körper, eine Stimme.

Und als Gitte endlich fertig war, da küsste Helen mich.

Das Letzte, an das ich mich später erinnern würde, war meine eigene Stimme. Als wir uns aus unserem Kuss lösten, griff ich nach ihren Händen und hörte mich noch Jupp zurufen:
„Schbiel Assssurrro!"

Der Rest verschwand in einer tiefen, alkoholbedingten Umnachtung.

Das Nächste wiederum, das Eingang in meine Erinnerung fand, war die ungute Kombination aus einem gleißenden Licht, einem plötzlichen Druck auf meiner Brust und einer Stimme, die meinen Namen rief.

Alles in allem eine äußerst bedrohliche Ausgangslage.

Es dauerte einen Moment, bis ich begriff, dass die Helligkeit der Sonne zuzuschreiben war, die ungebremst durch das geöffnete Fenster in den Raum schien. Mit weiterem Zeitverzug realisierte ich, dass es sich um mein neues Schlafzimmer handelte. Ich lag also offensichtlich in meinem Bett.
Erneut hörte ich die Stimme.
„Guten Morgen Sven Ackermann! Heute Frühstück im Bett!"
Dann ein Lachen, dann Stille.
Ich griff an meine Brust und fühlte – eine ziemlich volle Brötchentüte. Zu viel für einen, fiel mir auf, und als sich etwas neben mir im Bett regte, wusste ich, warum.
Ich entspannte mich und mein Freund Bernd kam mir wieder in den Sinn. Ich könne hier nicht glücklich werden, hatte er gesagt.

Wir würden sehen.

Eine ganze Seite Platz, um ein paar wichtige Dinge zu sagen:

Zunächst einmal: Die Geschichte um Sven entspringt meiner Phantasie. Ich kannte diesen Sven vorher nicht, aber er und die Menschen, die er trifft, sind mir sehr ans Herz gewachsen. Vielleicht, weil sie mich zum Teil an Mitglieder meiner eigenen Familie erinnern – oder an Menschen, denen ich in der Vergangenheit begegnen durfte. Meine Familie war immer eng mit dem Bergbau verbunden und sie brachte in Summe all die Eigenschaften mit, die man bis heute den Menschen im Ruhrgebiet zuschreibt: Pragmatismus, Geradlinigkeit, Offenheit, Hilfsbereitschaft. Danke also an euch, ihr Lieben! Ihr habt mich geprägt und ich bin stolz darauf, mit euren Werten aufgewachsen zu sein. Ein großer Teil von euch lebt schon gar nicht mehr und ich habe ein wenig die Befürchtung, dass mit euch auch all die zugeschriebenen Eigenschaften verloren gegangen sind.

Ob es das Dorf gibt? Ja, tatsächlich. Aber das ist im Grunde nicht weiter wichtig. Wenn man mal davon absieht, dass es mein Zuhause ist. Der Ort, an dem ich heimisch geworden bin, der mich aufgenommen hat und an dem ich glücklich bin.

Zeit, Danke zu sagen, bis hierher. Danke an alle, die mir beim Erzählen und dem korrekten Schreiben dieser Geschichte geholfen haben. Wenn hier immer noch Fehler zu finden sind, dann gehen die ganz allein auf meine Kappe. Und vor allem danke an die lieben Menschen an meiner Seite, die mich immer ermuntert haben, das zu tun, was mich glücklich macht.

Nämlich das hier.

Ich weiß übrigens schon, wie die Geschichte weitergeht. Aber den Vorsprung holt ihr hoffentlich bald ein. Ich arbeite dran…